Les

Chantal de Marolles est née à Lyon en 1939. Après des études de russe aux Langues orientales, elle choisit d'écrire des contes pour enfants, qui ont été publiés chez Grasset Jeunesse, Fleurus, Bayard Éditions et dans les magazines de Bayard Presse. Grand-mère de quatre petits-enfants, elle vit actuellement dans la banlieue parisienne et consacre ses loisirs à la peinture.

Du même auteur dans Bayard Poche :
Les trois fils du fermier - Les souliers de Chloé -
L'étrange cadeau de la sorcière -
Carabique, Carabosse et Carapate (Les belles histoires)
La princesse s'est encore sauvée ! -
L'ourse grise (J'aime lire)

Boiry (pseudonyme de Véronique Cau) est née en 1948 à Toulon. Elle a fait ses études artistiques à l'École des métiers d'art, puis a travaillé comme maquettiste à *Lisette* pendant deux ans. Elle habite aujourd'hui Cherbourg avec son mari pédiatre, leurs trois enfants et une chatte, et consacre son temps à l'illustration de livres pour enfants. Ses albums ont été publiés chez Grasset, Hachette, Le Sorbier, Casterman, Bayard Éditions et dans les magazines de Bayard Presse.

Du même illustrateur dans Bayard Poche :
C'est la vie, Julie - Le géant enseveli - Gaby, mon copain -
C'est dur d'être un vampire - Le voyage en torpédo
Une nuit au grand magasin (J'aime lire)

© Bayard Éditions, 1999
Bayard Éditions est une marque
du département Livre de Bayard Presse
ISBN 2.227.72753.5

Les yeux de Salka

**Une histoire écrite par Chantal de Marolles
illustrée par Boiry**

BAYARD ÉDITIONS

1

La brodeuse amoureuse

Chaque fois que Salka voyait le prince
Vladi, elle soupirait :

– Comme il est beau ! Mon Dieu, comme
j'aimerais qu'il se marie avec moi !

Madame Berthe, la lingère, se moquait
d'elle :

– Regardez-la ! Elle rêve au lieu de broder
le linge. Allons, travaille un peu, ma fille !

Si tu t'imagines que le prince épousera une petite brodeuse comme toi, tu te trompes !

Salka répondait :

—Je n'imagine rien, Madame Berthe. Mais hier, le prince m'a regardée et il m'a souri.

Madame Berthe levait les yeux au ciel :

—Tu rêves complètement, ma pauvre Salka !

Alors Salka soupirait, elle prenait ses petits ciseaux d'argent et son aiguille fine, et elle brodait. Quand elle trouvait un gilet ou une chemise du prince, elle brodait à petits

points un S comme Salka et un V comme
Vladi. Elle espérait ainsi que Vladi finirait
par l'aimer autant qu'elle l'aimait. Le S et
le V étaient si petits que personne ne les
voyait, sauf madame Berthe, qui grognait:
 — Tu crois que le prince t'aimera parce que
tu brodes ça partout? Chère petite sotte! Le
prince épousera une princesse ou une reine,
c'est certain.
 Salka baissait le nez sans rien répondre.
Mais une question lui trottait dans la tête.

Un jour, elle demande à madame Berthe :

— Comment c'est, une reine ?

— Eh bien, répond madame Berthe, c'est quelqu'un comme la mère de Vladi.

— Elle était déjà morte quand je suis arrivée au château, dit Salka. Dites-moi comment elle était, je vous en supplie, Madame Berthe, et je ferai tout pour lui ressembler !

Madame Berthe se met à rire :

— Tu crois que la reine venait me faire des visites ici ? Je ne l'ai jamais vue. J'entendais son pas dans le couloir, c'est tout.

Alors, Salka interroge les gens du château.

Elle demande aux femmes de chambre :

— Avez-vous connu la mère du prince Vladi ?

Mais celles-ci haussent les épaules :

— Tu sais bien que nous ne sommes ici que depuis trois ans, nous ne l'avons pas connue.

Salka va trouver la cuisinière, qui bougonne :

—Qu'est-ce que tu as à tourner autour de moi ? Si tu crois que j'ai le temps de regarder quelqu'un, moi ! La reine, je lui ai fait des gâteaux, mais je ne l'ai jamais vue en manger.

Salka interroge le cocher, mais il répond :

—Je l'ai souvent emmenée se promener en carrosse, mais elle s'enveloppait la tête dans un voile, à cause de la poussière.

Soudain Salka a une idée. Dans la chambre du roi, il y a sûrement le portrait de la reine !

2

Le peintre
de la forêt du Nord

Depuis que le roi est mort, personne n'a le droit d'entrer dans sa chambre. Mais la porte n'est pas fermée à clé. Sans faire de bruit, Salka pénètre dans la chambre.

Sur le grand lit, deux tableaux sont posés côte à côte sur deux coussins.

L'un d'eux représente le roi, l'autre représente... rien ! Le tableau est inachevé ! Il est
impossible d'y voir un visage : il n'y a sur la
toile qu'une sorte de brouillard bleuté, où on
distingue à peine, dans le haut, une petite
feuille de lierre bleue.

Salka est si déçue qu'elle raconte tout à madame Berthe. Celle-ci hoche la tête :

— Ah oui, j'ai entendu parler de ce portrait. Il était à peine commencé quand la reine est morte. Le roi a quand même voulu le garder, et comme il pleurait dessus chaque soir, ça n'a pas dû arranger le tableau. En tout cas, tu n'as rien à faire dans cette chambre-là.

La nuit venue, Salka se glisse à nouveau dans la chambre. Elle approche le tableau de la fenêtre éclairée par la lune, et elle le retourne. Sur le cadre de bois, elle lit ceci :

Sifer, de la forêt du Nord

—Sifer, murmure Salka, c'est sûrement le nom du peintre. Et la forêt du Nord, ce n'est pas très loin d'ici. Il faut que je trouve ce peintre, s'il vit toujours. Lui au moins pourra me décrire la reine.

Aussitôt, Salka se met en route. Mais quand elle arrive dans la forêt du Nord, la nuit est si sombre qu'elle hésite à poursuivre son chemin. Soudain des yeux s'allument devant elle comme pour la guider.

D'abord, Salka est effrayée. Elle se demande : « Est-ce que ce sont des yeux de loups ? »

Au fur et à mesure qu'elle avance, les
yeux s'éteignent derrière elle, et devant
elle d'autres yeux s'allument. Elle arrive
enfin près d'une maison en bois, surmontée
d'un petit clocher, où brille une lumière.
Salka frappe à la porte. Une voix forte crie à
l'intérieur :

— Entre, Salka, et monte. Je suis tout en
haut.

Le cœur de Salka bat très vite. Elle se dit :
« Comment connaît-il mon nom ? »

Puis elle murmure :

– Après tout, je ne risque rien. Un peintre
n'est pas un ogre, il ne me mangera pas.

Salka monte l'escalier jusqu'en haut : le
peintre est assis devant une grande toile.
Avec un frisson de peur, Salka s'aperçoit
que les yeux du peintre sont cachés sous un
bandeau de velours noir.

– Dis-moi ce que tu veux,
demande le peintre.

Timidement, Salka répond :
— Je voudrais, enfin je serais
heureuse si vous me disiez, vous
qui l'avez peinte, comment était la
reine, la mère du prince Vladi.

—Par tous les diables, s'exclame le peintre, qu'est-ce que cela peut bien te faire ?

Salka murmure :

—C'est que, si je pouvais ressembler un peu à la reine, je crois que Vladi, que j'aime, m'aimerait aussi.

Le peintre éclate de rire :

—C'est donc ça ! J'aurais dû m'en douter ! Mais, vois-tu, j'ai mieux à te proposer qu'une vague ressemblance avec la reine. Que dirais-tu d'une ressemblance exacte ?

—Comment est-ce possible ?

— Cela, c'est mon affaire, répond le peintre.

— Mais, dit Salka, embarrassée, c'est sûrement très cher, et je n'ai pas beaucoup
d'argent.

— Je ne veux pas d'argent, ne t'inquiète
pas, répond le peintre.

— Et comment allez-vous faire, dit Salka, pour que je ressemble à la reine?

— C'est simple, dit le peintre. Au fur et à mesure que je peindrai ton visage sur la toile, ton visage à toi deviendra celui de la reine. L'ovale du visage et le teint, puis les sourcils et les cheveux, tout, je changerai tout, sauf les yeux.

— Que se passera-t-il alors? demande Salka.

— Lorsque tu ressembleras exactement à la reine, si le prince t'aime et désire t'épouser, alors très bien ! Marie-toi, ma fille, et garde ta vie durant l'apparence de la reine. Mais si le prince ne veut pas t'épouser, il faudra qu'à l'instant même tu reviennes ici. Alors je terminerai ton portrait : aussitôt tu perdras ton apparence de reine, et tu seras à moi pour toujours.

Salka répète dans un souffle :

— À vous pour toujours ? Oh non !

Le peintre ricane :

— Dans ce cas, va-t'en, et laisse-moi tranquille. Ce n'est pas moi qui suis venu te chercher !

Salka réfléchit un instant, puis elle hésite et dit dans un murmure :

— J'accepte votre proposition.

— Attention, dit le peintre. Si le prince ne veut pas t'épouser, n'oublie pas de revenir ici. Sinon, c'est lui qui mourra !

Salka répète, plus fort cette fois :

— J'accepte !

— Très bien, dit le peintre, commençons tout de suite !

3

Belle comme une reine

Sifer sort d'une vieille malle une cape de
soie bleue et une couronne de lierre qu'il
pose sur Salka. Puis il déplace la lanterne
pour éclairer le visage de la jeune fille,
il saisit sa palette et un long pinceau, et il
commence à peindre sur la toile.

Salka s'étonne :

– Pourquoi n'enlevez-vous pas votre bandeau pour peindre ?

—Ne t'inquiète pas. Ce bandeau ne me gêne pas, ma vue est perçante. C'est pour toi que je le mets, car tu ne supporterais pas l'éclat de mes yeux.

À partir de ce moment, Salka se rend chaque soir chez le peintre. Et elle pose, sans bouger ni parler, toute la nuit.

Au matin, elle rentre au palais, elle grimpe dans la lingerie et ne tarde pas à

s'endormir sur les corbeilles de linge.
Madame Berthe s'énerve :

   – Tu n'as plus le cœur au travail, ma fille !
Que se passe-t-il ? Heureusement que le
prince est en voyage et qu'il ne voit pas
comme tu es devenue paresseuse !

Salka ne répond pas. Mais dès que madame Berthe s'éloigne, elle tire un petit miroir de sa poche et elle se regarde longuement. Elle se rend compte qu'elle change, mais au fond pas tellement. Simplement son visage s'allonge, son teint devient plus clair, ses sourcils plus minces et ses cheveux moins sombres.

Chaque jour, madame Berthe recule un peu sa chaise, loin de Salka. Elle ne lui dit plus de travailler, elle ne lui parle plus et se contente de lui jeter des petits coups d'œil.

« Ma parole, se dit Salka, on croirait qu'elle a peur de moi ! »

Et peut-être que madame Berthe a peur, en effet !

Un jour, en se regardant dans le miroir, Salka s'aperçoit qu'elle ne se souvient plus de l'ancienne Salka. Elle a beau fermer les yeux et se concentrer, c'est son nouveau visage qui s'impose à elle. Alors elle murmure :

— Comme j'ai changé !

Cette nuit-là, le peintre lui dit :

— Voilà, c'est fini ! Tu ressembles exactement à la reine. Présente-toi au prince avec cette cape et cette couronne. Et si tu échoues, n'oublie pas ta promesse, sinon tu sais ce qu'il arrivera au prince !

— Je n'oublierai pas, s'écrie Salka, soyez tranquille ! Adieu, monsieur le peintre !

— À très bientôt ! murmure Sifer en souriant d'un air mauvais.

4

À la recherche de Salka

Salka court dans la forêt. Arrivée au château, elle remarque que le cheval du prince est revenu à l'écurie.

Elle pénètre silencieusement dans la chambre de Vladi. Elle écarte les rideaux : dehors le matin se lève, les oiseaux se saluent d'un arbre à l'autre, l'air frais et l'odeur de l'herbe entrent dans la pièce.

Salka dit doucement :

— Bonjour, prince Vladi ! Avez-vous bien dormi ?

D'un coup, Vladi se réveille, il regarde Salka, effrayé.

— Mais qu'est-ce que c'est ? murmure-t-il. Qui êtes-vous ? Est-ce le fantôme de ma mère qui est là, devant moi ?

Salka sourit :

–Non, je suis Salka la brodeuse. Ô prince Vladi, je vous aime tant ! Est-ce que vous allez m'aimer aussi, maintenant que je suis comme la reine ?

Vladi se lève et s'écrie :

— Vous n'êtes pas ma petite Salka, celle qui brode dans la lingerie. Et ma mère est morte ! Comment pourrais-je aimer un fantôme ? Allez-vous-en avant que j'appelle mes gardes !

Salka porte les mains à sa bouche pour ne pas crier, et de grosses larmes jaillissent de ses yeux. Elle regarde Vladi et s'enfuit. Elle court, court, court vers la forêt du Nord où Sifer l'attend...

Resté seul, le prince Vladi se frotte les yeux en répétant :

—Mais qu'est-il arrivé ? Est-ce que j'ai rêvé ? Qui était cette femme qui ressemble tellement à ma mère et qui prétend être Salka ? Je dois la retrouver.

Le prince s'habille hâtivement et court à la lingerie. Mais dans la lingerie, il n'y a bien sûr que madame Berthe. Vladi lui demande :

—Avez-vous vu Salka, Madame Berthe ?

— Hélas répond madame Berthe, je crois que je l'ai vue s'échapper tout à l'heure. Mais elle a tant changé, je l'ai à peine reconnue.

— Changé? répète le prince. Comment ça?

— Depuis quelque temps, raconte madame Berthe, elle changeait chaque jour un peu plus : le nez, les cheveux, c'est comme si elle était devenue une autre femme...

— Une autre femme qui ressemble étrangement à ma mère! dit le prince.

— À votre mère! À la reine! s'écrie madame Berthe. Ah, mon Dieu, je comprends maintenant!

Alors madame Berthe raconte tout ce qu'elle sait au prince, qui murmure :

—Ma jolie Salka est donc capable de m'aimer autant ! Quel bonheur ! Mais comment cette ressemblance a-t-elle été possible ? Quelqu'un de bien puissant et de bien mauvais l'a certainement aidée : je crains que Salka ne soit en danger. Il faut vite que je la retrouve avant qu'il ne lui arrive malheur, mais où chercher ?

—Je sais, dit madame Berthe, que Salka est allée dans la chambre du roi pour regarder le tableau de la reine.

Vladi y court aussitôt : le portrait de la reine est posé sur un coussin. Il l'approche de la fenêtre, il l'examine et, petit à petit, du fond du tableau, il lui semble voir apparaître des arbres noirs.

— Ces arbres noirs, murmure Vladi. Mais c'est la forêt du Nord ! Il me semble en effet que ma mère s'est rendue chez le peintre du tableau. Il faut que je le retrouve !

5

Un peintre diabolique

Aussitôt Vladi saute sur son cheval et il part au galop. Dans la forêt sombre, des yeux s'allument et s'éteignent sur son passage.

Enfin, il arrive devant la maison du peintre. Mais la porte est fermée à clé. Vladi l'enfonce d'un coup d'épaule et il gravit l'escalier jusqu'en haut. Ce qu'il voit alors le cloue sur place.

En face de lui se tient une femme : il la
reconnaît, c'est celle qui était tout à l'heure
dans sa chambre. Elle a l'apparence de
sa mère, elle est pâle et immobile comme
une morte. Et une autre femme est là,
peinte sur un tableau. C'est Salka, la petite
brodeuse.

Sifer, le peintre, se met à hurler :

– Par tous les diables ! Qui ose venir me déranger dans mon travail ?

– Ton travail ! s'exclame Vladi. Quel genre de travail oses-tu faire, toi ?

Le peintre se redresse, furieux :

– Il ne me restait que la pupille de l'œil à peindre. Quelques minutes de plus, et j'allais réussir, par ma volonté et ma peinture, à créer un être vivant, qui m'aurait appartenu complètement.

— Mais qui es-tu donc, Sifer ? s'écrie Vladi.
Un sorcier, un savant fou, le diable ? Un
monstre sans cœur, en tout cas !

D'un geste Vladi arrache le bandeau qui
cache les yeux du peintre, mais ceux-ci sont
tellement étincelants que Vladi recule.
Sifer, avec un rire énorme, s'avance vers lui.
Vladi se détourne et s'élance vers le tableau.

—Non! hurle Sifer. Ne touchez pas à ça!

Mais Vladi, avec le bandeau, frotte le tableau le plus fort qu'il peut pour en enlever la peinture. Au fur et à mesure que le portrait s'efface, Salka perd son apparence de reine et redevient elle-même: l'ovale du visage, le nez, les cheveux, les yeux enfin. La vie revient en Salka, son souffle s'accélère et ses joues reprennent leurs couleurs.

Alors Sifer éclate d'un rire mauvais :

— D'accord, Prince, tu as gagné pour cette fois. Mais tu ne seras pas toujours là, et les jeunes filles stupides, prêtes à tout pour être aimées comme ta Salka, ne manquent pas. J'en trouverai une autre, que dis-je ! j'en trouverai mille, j'ai tout mon temps.

Son rire résonne encore tandis qu'il disparaît dans la forêt. Alors Salka se jette dans les bras de Vladi et, tandis qu'il la couvre de baisers, elle lui demande :

— Mais enfin, Vladi, si vous aimiez un peu votre petite brodeuse, pourquoi ne pas le lui avoir dit ?

Vladi sourit :

— Mais enfin, Salka, si vous aimiez un peu votre prince, pourquoi ne pas le lui avoir dit ?

Ils éclatent de rire tous les deux et, main dans la main, ils retournent au palais.

Un peu plus tard, on fit de grandes fêtes pour le mariage de Salka et Vladi. Les mariés étaient très heureux et ils se promirent que, si un jour ils avaient une fille, jamais ils n'accepteraient qu'un peintre fasse son portrait.

Dans la série *J'aime lire* de Bayard Poche, il y a plein de livres que tu vas adorer !

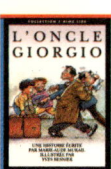

Des livres d'humour

L'oncle Giorgio (JL 10)

L'oncle Giorgio est allergique aux enfants.
Catastrophe, il est obligé de recevoir
son neveu et sa nièce !

Écrit par Marie-Aude Murail et illustré par Yves Besnier.

Des livres fantastiques

La bibliothèque ensorcelée (JL 35)

Ce vendredi 13, Aurore Coquille, la bibliothécaire,
ne se doute pas que le livre qu'on lui demande
va l'entraîner dans une véritable chasse aux sorcières.

Écrit par Évelyne Reberg et illustré par Maurice Rosy.

Des livres frissonnants

Le mot interdit (JL 6)

Pas de mot se terminant en « eur ».
C'est la règle du jeu. Un jeu qui peut devenir
dangereux pour Thierry.

Écrit par Nicolas de Hirsching et illustré par Jean Claverie.

Des livres d'aventure

C'est la vie, Julie (JL 1)

Ce matin, tout va mal, et Julie
est loin de se douter qu'elle sera
ce jour-là l'héroïne de folles aventures !

Écrit par Évelyne Reberg et illustré par Boiry.

Et n'oublie pas, dès 9/10 ans, les séries Je bouquine et Chair de poule !

Tous les mois, la lecture plaisir avec le magazine de ton choix

J'Aime Lire
Dès 7 ans.
Gourmand de lecture ?
Dévore chaque mois dans
J'Aime Lire, *un vrai roman*
inédit, croque les jeux de
Bonnemine et savoure
l'irrésistible BD de Tom-Tom
et Nana.

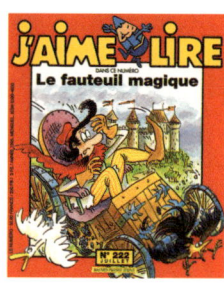

Astrapi
Dès 7 ans.
Lis, ris et grandis avec **Astrapi** *!*
Pour tout comprendre, ses
« petits savoirs » te disent tout
sur les sciences, la nature,
l'histoire et la santé... Et avec
ses BD, jeux, bricolages,
actualités, Astrapi, c'est
garanti sans ennui !

Images Doc
Dès 8 ans.
Passionné de découvertes ?
Pars avec **Images Doc** *à la*
rencontre des richesses du
monde à travers de superbes
documents-photos sur les
animaux, l'histoire, la
géographie, les sciences...

Si tu veux recevoir un magazine en cadeau ou t'abonner, tél. : 01 44 21 60 00

Achevé d'imprimer en Décembre 1998 par OBERTHUR Graphique
35000 RENNES - N° 1948
Dépôt légal : Décembre 1996 - N° Editeur : 4325
Imprimé en France